U0840409

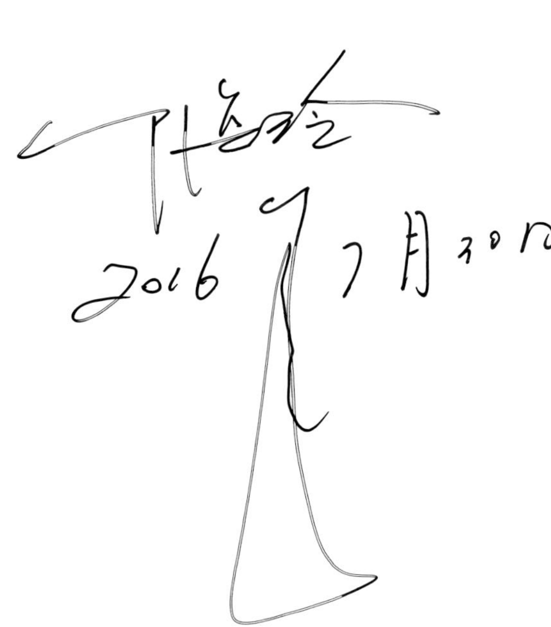
2016年7月30日

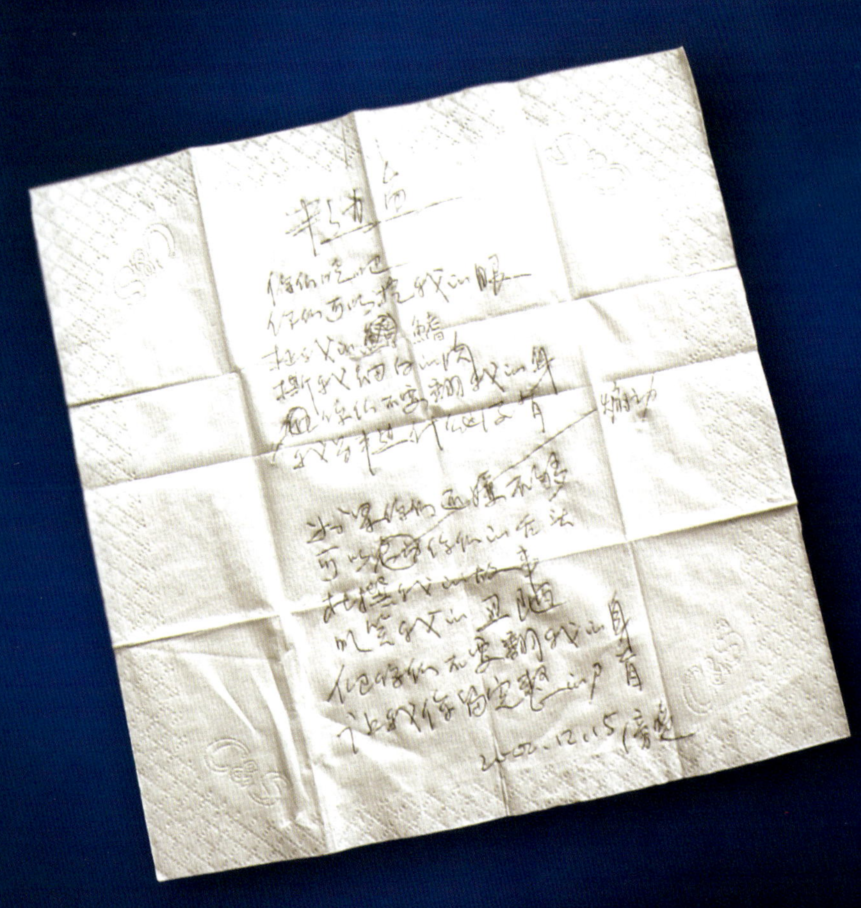

在厦门筼筜湖畔某饭店挑食半边鱼，忽来灵感，即取桌上面巾纸录下拙句。

半边血

谢冕题

癸未冬日

感　悟　生　命

闲　话　人　间

体　验　摇　滚

走　马　域　外

中国文联出版社

作者像

目 次

第二辑　闲话人间

第三辑　体验摇滚

第四辑　走马域外

附　录

序　一

●谢　冕

读邱滨玲的诗很让我感动。这诗集原名叫做《闲话人间》，后改今名。这里展现的是真实人间的一幅幅画图，一个个场景。邱滨玲把这一切写得非常真实，也非常朴素。都是人间正在发生的和已经发生的一切，都是一些不大的题目，人生百态，人间常情，特别是一些小人物的小故事。他把这叫做“闲话”，其实闲话不闲，只说明作者有他的独特运思，出以“闲”笔，表达的是人间关怀。他往往从不经意的角度切入人生真谛，对材料进行不那么严重的低调处理。“闲话”无疑体现着作者的用心和姿态，即一种对于事态人情的积极参与、介入意识。

邱滨玲用一颗平常心，把他的所思所想，通过普通的语言和简单的意象予以简洁的表达。他写的基本上都是不大的场面，大都是通过小镜头，通过一些人所熟知的题目，如“犁”、“老牛”、“矿工”，甚至“露珠”这样一些非常一般的题目来做文章。以“露珠”为例，写的人实在是太多了，要写出新意很是不易。但邱滨玲知难而进，他一旦抓住这个题目，就认真地做。露珠是渺小的，露珠是清贫的，露珠是短暂的，但露珠又是伟大的——它勇敢地迎接日出，然后又写壮烈地消失。这首诗，若只是以上所述，则未免平常。他的好处是，把认定的题目紧紧盯住，一直往深处钻。果然功夫不负有心人，他把一个被人写“滥”了的题目，做出了全新的一首诗：因为它“身子曾装过整个太阳”，因此它“短暂而不朽”；因为它给万物的复苏提供了水分，因此它“清贫而富有”。仅有这，还不够，最后他归结了一个永恒的真理：瞬间有瞬间的辉煌，短暂有短暂的丰富。一下子提升了诗的品位。

这就是邱滨玲，一个执着的，顶真的诗人。他不怕题目的“熟”，即使是被很多人写了的题目，他一旦选定也不回避，一样地经心，一样地在意，一样一往无前地往深里钻。作为诗人，邱滨玲的毅力和敬业精神不能不让人感动。他不仅写一些通常的题目，而且时不时的出现一些奇思妙想。这给他的诗增添了阅读的兴味，而且显示出平凡中的绮丽。如《蚕》，先说它是印象派的雕刻师，“用牙齿锯掉桑叶的肉，表现绿世界的风骨”；再说它是现代派的建筑师，“用嘴巴搭建椭圆形的小屋，供圆寂的灵魂居住”；最后说它是超现代的魔术师，“以爬行者的姿态进入，以飞行者的形象复出”。这里连续出现的三个比喻，从不同的侧面切入主题，非常的精彩，又非常的质朴，而这里的质朴，恰恰是诗人才华横溢的地方。

这样的例子还有，如《犁的诉说》，犁说自己的下半身是“跪着”的，这是诗人对事物的穿透性的发现。而这还仅仅是外观的，在这发现的背后，由于诗人一贯的执着和韧性，他毫不放松地由外往里的开掘，直至

“掘”出那犁的内在“精神”——“我”跪在牛的背后，“我”跪在种子的前面。这一前一后两句短语，构成了精彩的人生格言。坚强的人格摒弃下跪，但对于牛和种子这象征着劳动创造和生命未来的，下跪意味着崇敬。与此相关的，如《矿山行》讲矿工的一生“生是黑金，死如火凤”也是。

有些人写诗，容易流于浮表，一题到手，凭着一时感兴，宣泄尽致。这种人不能说没有才气，也不能说没有艺术素养，但他们浮躁，不肯沉下心来，把那题目做深做透。因此，他们做不出精致的东西。邱滨玲写《蚕》，也是熟题，我读过许多咏蚕的诗，深感这位诗人真有“苦吟”的味道，他从“雕刻师”、“建筑师”、“魔术师”三个层面写蚕的一生。奇想联翩，真有语不惊人死不休的劲头。从中可看出邱滨玲为诗之道，也发人联想在生活中和工作中的邱滨玲，一定会有一种锲而不舍、务求精透的作风。我与诗人过去并不相识，但我由诗及人，几乎可以这么断言。

诗有诸多境界，有人出以清丽，有人出以凝重。邱滨玲则是时时处处以“闲话”的方式介入社会悲欢、人间冷暖。再由此返抵内心，感悟生命存在的律动。通观邱滨玲的创作，最让人感动的是他对弱者和弱势群体的处境和命运的深重关切。面对欺凌和不公，他有时甚至有抑制不住的愤怒。《半边鱼》就是一个抗议的声音，在这背后是一种宽广的悲悯情怀的支撑。在有的诗中，他甚至因此而表现出某种“无奈”来：“我看到人间的卑鄙，我扣动思想的扳机，语言的枪膛里却没有子弹”。诗人的心为苦难而颤动。

如今的诗歌写作真是乱花迷眼，但邱滨玲心无旁骛，一径专注地朝着自己的目标走去。他有自己的审美抉择（尽管这种抉择可能有点单调），他没有跟着时尚走。也许人们因此看出了他的“保守”，而我却由此看出了他的“坚定”。艺术看重的是生命的“质”，而不是它是否能在时世的推动中如何花样翻新——尽管我承认艺术变革对于艺术家的极端重要性。

邱滨玲的诗风简洁纯正，他有丰富的想象，但却明白畅晓，有一种透明感。他不会像有的人那样“玩”深沉，把诗写成蹩脚的“哲学”。他也追求一些哲理的韵味，但却平易近人。他也有奇特的想象力，但从不故意炫耀，而是在平凡中见绮丽，在明畅中见绚烂。

诗集《半边鱼》要出版了，我就用这些读后感来表示我对诗人的祝贺。

2003年11月30日于北京大学畅春园

序　二

●俞兆平

邱滨玲的诗集《半边鱼》嘱我作序，三十年的诗友了，理应遵命。

若论邱滨玲的诗龄，可不算短，他是属于孙绍振、刘登翰为主帅的“福建文革诗群”（这是笔者拟立的概念）中的一员，也就是1970—1980年时段，在福建诗坛粗着脖子高呼“八万里雷霆，九千里风暴”的一伙嘎子们。现今与滨玲同在厦门的就有吴凤章、陈元麟、谢春池、陈志铭、朱家麟、陈仲义、刘溪杰、刘瑞光及笔者等。只是当时大家都有点诧异，龙岩县怎么会冒出个埋电线杆的“小妹妹”？心存邪念者很快就发现上当了，站在面前的是个带着一脸坏笑的帅小子。当时福建文坛还有一个叫罗怡芳的，也让不少编辑心猿意马的，与滨玲可堪称福建的一对雄性“姐妹花”。

但若论起邱滨玲对“缪斯”的痴迷，我们这些人在他面前可能就会显得是移情别恋了（当然刘登翰、谢春池除外）。1980年，还扎着羊角辫的舒婷那么潇洒地横空一站，我们的孙大帅就双腿哆嗦地投降了。若按他在《新的美学原则在崛起》一文所说的，舒婷是“追求生活溶解在心灵中秘密”，而我们这批由上海《朝霞》模式制压出的嘎子们，则是连心灵都还没触摸到，仅是模拟生活的镜象而已。这，就是滨玲刚进入缪斯殿堂时的历史“语境”。因此，当滨玲冀求从旧有的诗艺轨道挣脱出来时，他就不得不比新生代们多费了一番心力，却仍无法脱胎换骨。但滨玲的痴迷与执着，也就在这割舍不断的缪斯情结中充分地显露出来。

滨玲曾被戏称为闽西文坛的三张铁嘴之一（另二张是林国良、曾昭寿），反应机敏、思维快捷，还带有点书卷气的狡黠，是他的性格魅力之处。其事业上的成功，也可能在某一侧向上得益于此。既然才智与命运都垂青于这位从插队的土屋走出来的帅小子，他理应志满意得，沉溺于上天所赐予的权力与经济的优裕之中，但他却对素面恬淡的诗之女神一往情深，痴迷之梦竟三十年不醒。何以如此呢?这就是人文精神的魔力。“别以为我过得很舒服/我不过是用生命的长度/换取生命的宽度/”，他有着清醒的自觉意识，自我生命的价值意义并不限于机制与金钱所规范的“长度”之中，他要拓展之、深化之，使生命呈现出更宽阔的意义。生命的“宽度”，能给他“一个清静的处所”（**《别以为我过得很舒服》**），一个在物欲横流时代中的精神栖息地，这就是超越于异化世界的诗境。若说得雅一点，就是荷尔德林的“人诗意地栖居于大地上”在邱滨玲身上的对象化。

在夹缝中的邱滨玲绝对无法像新生代诗人们那样潇洒起来，“你随身揣本感情的支票/开出的多，兑付的少/我永远戴着精神的镣铐/上帝在哭，阎王在笑”（**《我和你不同》**），他在追求诗意生存的过程中，选择的是一条沉重的痛苦的路。这一选择来自他的天然血缘：“天累了雷闷，人累了鼾沉/我那不事张扬的父亲呵/睡着了总在播放累的录音”（《**父亲的鼾声**》），质朴的言语中让你闻听到、触摸到那来自大地深处，来自民众深层的脉动。这一选择来自他这一代人所无法卸脱的责任感：“二十年后的这个秋天/工厂换了件外衣/和旧衣一起被脱掉的/还有我们人生的秋季”（《**秋天的哭泣**》），简洁的意象中隐伏着关于“下岗”这一沉重的叙述。这一选择还来自他那无法遏制的社会性的价值判断：“我看到人世间的卑鄙/我扣动思想的板机/语言的枪膛里却没有子弹/子弹已软化在纸浆里//我知道我还站着/不知道影子是直是曲”（《**无奈**》），无奈的深处，困惑的后面，是他那无法更改的土地之子的本性。

自然，欲与缪斯结“缘”，不能只有诚心，还得要有悟性，即悟解诗艺之美。无须讳言，滨玲的诗有不少过于粗糙、草率，在诗的形式本体上着力不够。但在诗集整体中仍然展现出他那不懈的诗美追求：其一，是作为一个诗人所必具有的敏锐的、独特的诗性感觉力。丹纳在《艺术哲学》中，曾强调指出，作为一个艺术家，其艺术感觉力必须是迅速而又细微的、敏锐而又独特的。非此，则不具备作一名艺术家的素质。在厦门生活多年的我，对文人们赞美鼓浪屿已屡见不鲜了，但滨玲的感觉与发现却还是让我心弦为之一动：“像一架巨大的钢琴/每天与波浪交响和弦/最舒缓处在小巷里/最高音处在日光岩”（《**鼓浪屿**》），妙就妙在最后两句，鼓浪屿那幽静、洒满绿荫的小巷像是在乐音中浮动绵延而去。而写音乐之都维也纳：“随着莫扎特走进灵魂的深处/要不是兜里还揣着护照呵/差点忘了生命还有国度”（《**音乐之都**》），却从一种世俗性法规的视角，以倒逆的笔法，写出了对音乐投缘默契、忘乎所以的感应。

其二，是诗的审美意象的创造。意象是诗美构型的最基本单元，就如家庭之于社会一样。在某种意义上来说，诗的建构就是意象的创造。在这一点上，邱滨玲也展示了他那属于诗的审美素质。我最满意的是这一节："蚕，印象派的雕刻师/用牙齿锯掉桑叶的肉/表现绿色世界的风骨"（《蚕》），意象的勾勒尤为洗炼简明，让人过目不忘，似乎也濡染着印象派画家所捕捉的光与色的质感。又如《梅雨季节》："南方的春天/像参不透的林妹妹/隐隐约约/悲悲切切/总让我找不到/阳光的感觉"，"学学北方的天空吧/所有的心事/落成一场大雪/然后晴晴朗朗/然后白白洁洁"，自然季节的反差，把两种鲜明的意象对照凸显；能指与所指，在社会性象征的交织中扩展。

其三，是哲理性诗情的开掘、凝定。诗集内这类诗作比重较大，不少作品应是来自诗人的真实的生存体验，而后再浓缩、凝定而成。像"昨天不再是今天的回忆/现在不再是将来的母体/找准了感觉就找到了知音/活着的人不构思自己的传记"（《无题的拼盘》），是沉重的反思，还是机趣的反讽？是体验的抽象，还是无奈的叹息?或许，诗人在多元时代的感悟也是多向度的。但不管怎样，这类诗总不会让你过于流畅地阅读，时不时地要停顿一下，喝口浓茶，品味一番。当然，这类诗中更有着明确的社会性价值选择的向度，如《半边鱼》，"食客"可以挖其眼、扯其鳍、撕其肉，"如果你们还嫌不够/可以发动你们的舌头/杜撰我的故事/讥笑我的丑陋/但你们不要翻我的身/让我保留完整的尸首"，士可杀而不可辱之义，进一步延伸为以死来奠立人格的凛然大义。

篇末，笔者想起了普希金评华滋华斯的一段话：“用诚实的普通人的语言表现出来的深刻的感情和富有诗意的思想”，以此作为对邱滨玲诗作艺术判断的归纳。真切地体验人生，诗意地感悟生存，《半边鱼》的旨意应在于此吧。

第一辑

感悟生命

露　珠

你，露珠
一滴渺小的露珠
小叶翘起尖尖角
就能托起你的全部

你，露珠
一滴清贫的露珠
终身没有自己的房子
只能在小草身上寄住

你，露珠
一滴薄命的露珠
从午夜到天亮
就走完生命的旅途

渺小而伟大的露珠呵
你勇敢地迎来日出
然后壮烈于空中

或者牺牲于泥土

清贫而阔有的露珠呵
谁能与你比富——
活着，身子曾装整个太阳
死了，营养能催万物复苏

薄命而不朽的露珠呵
你求证一个永恒的题目——
瞬间常有瞬间的辉煌
短暂自有短暂的丰富

矿山行

一

一条幽深的产道
直抵地球的子宫
产钳——婴床——护士
风钻——斗车——矿工
煤呵，你沉睡千年
终于见到天日
母亲在痛，大地在痛

二

一袭黑色的风衣
半副冷冰的面孔
远处躁动的期盼
身边粉煤的簇拥
块煤呵，耀眼煤台
你是煤中的骄子
你是天生的酷种

三

浑身与煤炭比黑
只留一颗心火红
于默默无言之中
将热量全部奉送
矿工呵，你的一生
其实就是一块煤呵
生是黑金，死如火凤

犁的诉说

我是一张犁
我的样子有点委琐
上半身：歪脖
下半身：跪着

我跪在牛的后面
给田野犁出春色
我跪在种子的前面
给人们带来收获

论我的出身
也是铁和木的组合
论我的特征
也是坚和硬的性格

我没有狗棍那么轻松
靠吓唬就能讨到生活
更不像手杖那么得意

有时能陪主人周游列国

我是一张犁呵
命运不能选择
那么，只要牛在劳动
要我跪，我就陪着

一头老牛即将死去

一头长满疲惫的老牛
即将被执行死刑
而不可抗拒的年老体弱
便是他唯一的罪名

空气结织着死亡前的宁静
我听到老牛最后心跳的声音
透过两行乞求的老泪
我读懂了老牛回忆的眼神——
回忆七月，你穿着酷热拉犁
回忆二月，你踩破冰冷耕耘
回忆小马灯裹着昏暗的寒风
一次次为你的小牛犊接生
呵，老牛！
呵，生命！

锥子已对准老牛的脑门
斧子已在空中舞出狰狞

我已来不及阅完苦难的卷宗
只能最后看一眼老牛的躯身
你两只角上刻满岁月的刀痕
劳苦和清贫弯曲得多么对称
你两个胃里塞的都是草呵
反复消化的是粗糙的一生
呵，老牛！
呵，生命！

别用廉价的语言为老牛送行
别唱什么狗屁的涅磐、再生
我只知道一头老牛即将死去
而刽子手正是受雇于它的主人

按揭

半生的积蓄
只够两房一厅的首款
为了70平方米的自由
我只好再把自己
后半生抵押给银行

我用皮尺把未来丈量——
五年的拼搏，能拼来
一个客厅，不含走廊
两年的薪水，能抵
一间饥饿的厨房

从此，我将陪有钱人
每月跑一次银行
他们去存多余的幸福
我去偿还寅吃的卯粮

从此，我生命的烛光

要努力把70平方米照亮
我真怕一阵大风破窗而入
吹灭我才刚燃起的希望

半边鱼

你们吃吧
你们可以挖我的眼
扯我的鳍
撕我细白的肉
你们不要翻我的身
我另半边什么也没有

如果你们还嫌不够
可以发动你们的舌头
杜撰我的故事
讥笑我的丑陋
但你们不要翻我的身
让我保留完整的尸首

老同学聚会

你是班长，我怎么会忘
实际上我们一直相随相伴
你的名字在我的简历上
总是睡在“证明人”一栏

你是前锋，我怎么会忘
一个扣篮将女生的醋瓶扣翻
最难忘考试时你常等待
等待纸团如篮球向你妙传

过去总嫌一节课太长
这一晃，却蒸发掉二十年
当年课桌上的那些裂缝
不知何时就爬上我们的脸

张宁没法来了，中风
李安已经那个了，去年
王丽也提前退休了

说路太远，口袋不方便

我们相聚于生命的一个拐点
我们分别于人生的一个驿站
如果可以选择，出了这门
都想向后，谁愿意朝前

民 工

半边鱼

你想读懂民工这部书吗
让我先为你解读目录

干涸而沉滞的眼睛是序言
作者是他们不出名的父母
干涸揭示贫困的背景
沉滞积淀无奈的痛苦

手是这部书的主要描述
虽然粗糙但内容丰富
十指展开跌宕的情节
老茧刻画苦难的插图

脚是这部书的压卷之作
沉稳厚实且脉络清楚
弯弯的路线是奔波的曲折
深深的脚印是日子的感悟

嘴巴这一篇可有可无
城市没让它有太大用途
耳朵这一章不可跳过
所有训斥都在里面记录

看完目录你得随他们上路
民工故事要在劳动中阅读
瞧瞧钢筋如何被坚强压弯
看看水泥如何把廉价浇铸……

好了，当你读完民工这部书
请你告诉我：在叹?在哭?

父亲的鼾声

■半边鱼

小时候，我总是
把父亲的手臂当枕头
伴着父亲的鼾声入眠
后来我长大了，觉得
父亲的鼾声不再那么好听
一声重，擂响我的耳鼓
一声轻，绷紧我的神经

但是我不怪父亲
因为母亲说了
天累了雷闷，人累了鼾沉
我那不事张扬的父亲呵
睡着了总在播放累的录音

不知道什么时候起
父亲的鼾声变得
打打停停，是不是
进入梦乡的道路太拥挤
父亲在等我呢，让我先行

祭 父

我跪在父亲的坟头
我跪在阴界传达室的门口
我用父亲给我的头磕地
请他来把满坪的孝心接收

父亲呵，你还那么瘦吗
你可别答应再当吃草的牛
儿送来鲜果、佳肴、美酒
劳苦一生你也该学点享受

这台电视开了彩色的窗口
让它陪着你排闷解忧
只是你一定要注意休息呵
不要每夜都把“再见”等候

这些纸钱你肯定会存入钱庄
你常说过日子要细水长流
只是你一定要藏好存折呵

估计阴界现在也有小偷

这把手机据说也可以漫游
想我们时就对着话筒开口
如果你那边信号很不好
就撂在床上作思念的枕头……

坟前的香柱已化为灰烬
孝烛的泪水也已经哭透
父亲呵，收好祭品启程吧
阴阳两界，我们都要好走

蚕

蚕，印象派的雕刻师
用牙齿锯掉桑叶的肉
表现绿世界的风骨

蚕，现代派的建筑师
用嘴巴搭建椭圆形的小屋
供圆寂的灵魂居住

蚕，超现代的魔术师
以爬行者的姿态进入
以飞行者的形象复出

外口公寓

把外来人口码在一起
这个地方叫“外口公寓”
住的是时髦的名字
睡的是家里带来的草席
夏天屋里像四川的火锅
冬天湖南的辣椒驱不走寒气

这里的住客魁梧如石桩
每天把自己打进各种工地
这里的住客衣衫很褴褛
每天却为这座城市缝制新衣
他们进不了亲手建成的宾馆
因为裤腿上总是沾了很多泥

这里的大门白天都开着
迎接着居委会大妈的警惕
这里的夜晚灯光很昏暗
却时时明亮着公安的眼皮

这里的定位让城市很为难——
既是田中的稻，又是稻中的秕

给一只相思鸟

■半边鱼

孤独在枯树上的
那只相思鸟
你还在守候
你的爱吗
连树叶都走光了
这里
还有谁会再来

回家吧，你
不应该在这里痴呆
这里属于
乌鸦们的所在
飞回绿色的世界里
那里
才有真正的关怀

秋天的哭泣

二十年前的那个春天
工厂作了个深呼吸
我们花季的年龄
正是它急需的新鲜空气

二十年后的这个秋天
工厂换了件外衣
和旧衣一起被脱掉的
还有我们人生的秋季

像海浪遗忘在沙滩上的鱼
当潮水退去的时候
谁，能听到我们无助的哭泣

像一台台被断了电的机器
为了生活不被拉闸
谁，能给我们重启的动力

草

不像树
高大英俊
每天接受着人们的尊敬
即使长得歪些
也会有缠它的情人

不像花
芬芳清馨
时时获得人们的关心
即使无姿无味
也能骗得蜂蝶绕身

你是草
你感动不了人们的眼睛
你甚至难逃被踩的命运

但是，即使
被踩得趴在地下

也不学借树长高的藤

即使被踩死了
也不像有的花
以卖笑为生

十六岁的女儿

■半边鱼

十六岁的女儿
背一个书包
比六十岁更沉

十六岁的天空
写满了作业
黑压压一片乌云

十六岁的清晨
早读的发条
很习惯地把闹钟叫醒

十六岁的深夜
掉进难题的枯井里
谁能听到呼救的声音

守望的老妇

一位老妇穿着冬日的阳光
任太阳在脸上写着温暖
她每天都坐在这里守望
守望着对面的那排山峦

对面笔架形的山脚下
珍藏着她生命的另一半
那一半活着时她称之“死鬼”
如今死了却又活在她心间

白天饭桌上还摆着他的碗
夜里梦船上还荡着他的鼾
屋前的小河流走了太多往事
却流不走几十年的苦苦甜甜

老妇没看过梁祝经典
无力构思化蝶的浪漫
只懂得问山那边一句：“死鬼”
我来了睡在你左边还是右边

鞭炮

■半边鱼

虽然一幅蜡烛的身材
却没有流泪的眼眶
火药装在胸中
一生只求一次炸响

有的作喜庆的嘉宾
有的当追魂的信使
结局都是一样
时辰一到满地碎尸

大嫂

伢崽还细，公婆衰老
丈夫出门三回头
放不下的心你最明了
我的农家大嫂哟
你一肩挑着日月星辰
一肩挑着全家老小

你的脸怎能不皱
烈日下晒
雨水里浇
你的手怎能不粗
茅草上割
泥水里泡

日子在算盘珠子上过
决不用半个月的汗水
去换润肤什么膏
你说，生就种田的命

平安就行，丰收才好

初中毕业，不算文化人
泥土一样的心思
竟与马斯洛对上了号——
漂亮也要，潇洒也要
五只嘴巴一张开
首先要的是——温饱

草 地

公园里的草地
让情人铺陈缠绵
很温柔，落下一身的疼

别墅边的草地
让主人喷洒富贵
很高雅，绿出一种身份

荒郊上的草地
让野风抚慰寂寞
很尽职，守住几座孤坟

浪 花

■半边鱼

冲在潮头最前面的几朵
那，就叫浪花

随着波浪一道涌起
最后孤零零地落下

前面的浪花还在痛着
后面的浪花又横空跃马

呵，只要浪花不息
岸，就一定能抵达

失 眠

一不小心
思维的栅栏
被夜的黑手
打开了栅门
千万匹野马奔驰于
过去和现在的细节
公开和秘密的心灵

孤独的活跃
痛苦的宁静

从死亡回忆到出生
黑夜不给半丝同情
从一数到一万
黑夜陪你数不完的星星

失眠
一场不合理的战争

一个人与整个黑暗抗衡

失眠
一场痛苦的战争
敌人来自自己的阵营

第二辑
闲话人间

梅雨季节

天空儿灰
雨丝儿斜
又是拖泥带水的
梅雨季节
南方的春天
像参不透的林妹妹
隐隐约约
悲悲切切
总让我找不到
阳光的感觉

要说你就痛快地说
不要藏藏掖掖
要哭你就使劲地哭
不要停停歇歇
学学北方的天空吧
所有的心事
落成一场大雪

然后晴晴朗朗
然后白白洁洁

南方的春天呵
心事重重叠叠
南方的梅雨呵
总要让伞陪着
哭上一个季节

九寨沟

呵，九寨沟，你是
藏在深山里的村姑

清澈的湖是你的明眸
彩色的树是你的衣服
洁白的云是你心灵的单纯
坚挺的山是你曲线的起伏
你没污染的往事也一目了然呵
像那躺在水里的一段段枯木

没有红墙绿瓦，香火迷雾
不像有的美妇，穿金戴银
靠金线补拙遮盖面目
没有钦匾御笔，真假文物
不像有的少女，追星扮酷
借时尚增添几分妖妩
甚至没有晨钟，没有暮鼓
宁静中自有纯真的感悟

我多想吸入你的清新
打扫我不太干净的肺腑
我多想迎娶你的美丽
到我心中作永远的居住
我多想牵着这透明的水上路
(那是你的灵魂呵)
洗涤人间的一切龌龊

呵，九寨沟，你这
藏在深山里的村姑

蝉，不会假唱

树枝作舞台
树叶当帷幕
一声“知了——”
把夏天唱热

低音比白云柔和
高音比田野辽阔
在通俗、民族、美声之外
自成一种风格

蝉，不懂得假唱
原声唱，原声和
直到把嗓子唱破了
主动卸去歌手的外壳

相 会

城市的男女哪相会
茶楼、酒吧、迪斯科

农村的男女哪相会
河边、树下、干草垛

远远的思念哪相会
电话、书信、E-mail

久久的爱情哪相会
眼里、泪里、心窝窝

足球场上

守门员

后面是你葬身的悬崖
前面是别人建功的舞台
你孤单地守住一条生死界
把十个人的失误挡在门外

你的耳朵已经失聪
听不到看台上的起哄喝彩
你的眼睛也有点问题
想闭，却闭不起来

假 球

该跑的跑，该冲的冲
热热闹闹，演它九十分钟
射门时，突然阳痿
对抗时，秋波暗送

球场比舞台大多了
假球与假唱就是不同——
一个是集体淫乱
一个是单人骗婚

黑　哨

规矩是十一人对十一人
有一方却多了一位
这一位的哨子一吹
半数的球员心领神会

哨子是闪亮的，不黑
脑子是清醒的，不醉
黑的是暗箱的操作
醉的是赛前的干杯

罚点球

惊人的符合平民的想法
在哪欺侮人就在哪受罚
此时天地间屏住呼吸
包括喜鹊，包括乌鸦

尽管我的眼睛不敢一眨
但心中已有胜算的筹码——
这一脚肯定踢不倒门栏
但或许会踢倒一个国家

断

山断了
分出一条峡谷

河断了
落下一截瀑布

友谊断了
积蓄一笔痛苦

婚姻断了
合成一纸判决书

厦门三景

半边鱼

鼓浪屿

像一艘巨大的游艇
停泊在万顷碧波之间
最动人的是静谧
最奢华的是自然

像一架巨大的钢琴
每天与交响波浪和弦
最舒缓处在小巷里
最高音处在日光岩

环岛路

生动地起伏含蓄地拐弯
宛如少女诱人的曲线
彩色的线条清雅的点缀
更像公主美丽的裙边

蓝色的海洋亲吻着金色的沙滩
翠绿的草木依偎着油黑的路面
橙红的观光道移动着赞美
浪花追着游客的脚印飞溅

会展中心

身似少女侧卧的腰
头戴博士正面的帽
近看是一艘巨轮
在厦门海边停靠

它使世界变小
五洲精品在这里比俏
它使厦门变大
四海强手来这里弄潮

师生个案

■半边鱼

他过去是你的老师
他现在已经退休
退休了的老师
最爱逛通讯录的乐园
每次与你的名字相遇时
骄傲就在他眉头开朵花
喜悦就把他双眼眯成线

你虽然还很年轻
但已功成名就
名人常要整理
鱼龙混杂的名片
他那一张早被你清理了
因为它简单得像张白纸
除了“教师”，别无头衔

他永远把你当他的学生
他能悉数你的全部功名

你偶尔也能记起这位老师
只是没法把他的名字叫全

明月·故乡

■半边鱼

原本是民间流传
治疗相思病的
特效良药
自从落到李白的床前
就有了怀乡的功效

从此，一辈辈父母
用心将其煎熬
陪着孩子一遍遍喝
为的是让他们
从小记住回家的道

也许是
　　物极必反
抑或是
　　久服抗药
对许多游子来说
这千年良方

如今已经失效

君不见
凤凰已经择富筑巢
贫地已经没有候鸟
有酒乐不思蜀
有钱夜夜良宵
故乡只剩两个汉字
被安顿在履历表上
——睡觉

无奈

半边鱼

我看到人世间的卑鄙
我扣动思想的扳机
语言的枪膛里却没有子弹
子弹已软化在纸浆里

我知道我还站着
不知道影子是直是曲

我窥视到权力的黑洞
我禁不住拍案而起
黑色的办公桌岿然不动
笑拍案的手拿不起证据

我知道我应活着
不知道眼睛该睁该闭

媒 婆

鱼请水儿当媒婆
追了嬉浪逐清波

树请风儿当媒婆
开了红花结绿果

雨请云儿当媒婆
万点心事急急说

心请眼儿当媒婆
秋波似箭慢慢磨

邮海拾贝

■半边鱼

之 一

——题“猴票”

金丝猴的身子架个头
组成一个“8”分的面值
趁人们不注意
猴子翻了几万个跟抖

之 二

——题“祖国山河一片红”

设计家一时疏忽
收藏家终身兴奋
从别人的错误中获利
这仅仅是邮市的法则吗？

之 三

——题“梅兰芳”小型张

活着

是梨园群星中最璀璨的一颗
死了
是百科全书中最迷人的一页

之 四

——题无齿票

少了一道工序
反而更加珍贵
但愿无齿的老人
也有这样的地位

之 五

——题“大龙票”

一个无能的政府
抵不上
自己留下的文物

之 六

——题“毛泽东邮票图集”

左一脚，右一脚
每个脚印都是真实的
毁也罢，誉也罢
变成邮票都是珍贵的

古装像

■半边鱼

摄影师挖空了心
老祖宗献出了头
谁愿探出一张脸
在历史里作个短暂的停留

来吧，只要是女人
不管是美，是丑
不管脸嫩，脸皱
古装裹着的笑
即使不够淑女
也有几丝温柔

来吧，只要是男人
不管是高，是矮
不管脸胖，脸瘦
皇冠在你头上
即使不像皇帝
也有点乾隆的风流

国粹中的古装
是朋是友
古装中的男女
是娘是舅
摄影师笑没了一双眼
藏起所有的快意
藏不住
那探头缩脑的镜头

湖与山

■半边鱼

湖是山的镜
山是湖的床
山因湖而伟岸
湖因山而端庄
湖没山将一无所有
山没湖将孤独荒凉
山把湖收入怀抱
湖把山映在心房

湖恋山，千里寻来
山恋湖，点滴珍藏
微风嫉妒，吹老湖的脸庞
游艇嫉妒，辗歪山的模样
依然相依相偎哟不嫌不弃
依然你环我抱哟地久天长
呵，拆不散的两个恋人
惊不走的一对鸳鸯

黄 昏

放牛娃射一下弹弓
夕阳落下一大截
姑娘抓住最后的晚霞
在河边
给全家人拧出一个干净

拖拉机一路吼叫它的才能
招来崇拜或不满的眼神
犁田的老汉甩个响鞭
把牢骚发在老牛身上——
哎，犁耙插，后继无人

养鸭的大叔
赶回一群呷呷叫的白云
老大娘的手
像B超的探头触摸母鸡
明天的鸡蛋
已提前在她脸上诞生

"狗娃——"
不是唤狗，是母亲
抛出一条长绳
把贪玩的细伢
牵回饭厅……

年老的黄昏
丰满的泥韵

视 角

我抬头
眼睛爬过了最高的山冈

我颔首
目光走不到自己的鼻梁

我平视
看得清别人的深深浅浅

我回眸
认不出自己的短短长长

周庄

■半边鱼

周庄的小巷是两排阅报栏
每个版面都有厚重的文章
八方的读者左睃右看
读历史，览民俗，阅自然
品广告板上流油的万山蹄膀

明清的风格躺在周庄的水巷
带桨的巴士碾碎了整个水乡
各式的镜头睁着大眼
拍秀美，摄古朴，录乡风
软软吴语不上镜，随波流淌

在曲阜

站在孔子身上的曲阜
到处都是孔子的后人
孔姓的先生算命于孔庙
姓孔的姑娘导游于孔林
孔府的家丁也说是姓孔
街上的商店非孔即圣

躺在孔子身上的曲阜人
懂得怎样从文化里淘金
圣人饭店烹调的是孔家菜谱
孔府家酒酿造的是孔子精神
中庸的书摊包围着“三孔”
即卖老夫《论语》，也卖少女写真

泰　山

半边鱼

把你写在公路上
是为了控制油门

把你写在工地上
是为了提醒责任

把你写在悼词里
是给英雄盖棺论定

把你写在书本里
是让后人学会攀登

寂寞的村庄

铁塔刘二走了
猛汉李兴走了
男子汉都去了远方

刘贵家的二妞走了
李财家的三妹走了
花骨朵都离开了村庄

连喂奶婆也动心了
掩起鼓胀的母爱
去追寻最后的希望

瘦瘦的村庄像扁担
一头挑着晨日
一头挑着夕阳

你回来吃饭吗

■半边鱼

你曾经许诺
如果我瞎了，你会
往我心中积蓄光明

你曾经许诺
如果我聋了，我能
在你眼里读出歌声

你曾经许诺
如果……

今天我生日
你回来吃饭吗

逛"锦绣中华"

景可打折
园可微缩
韵味无法捕捉

一脚跨山
一脚越河
气势无法感觉

有庙无香
有寺无佛
灵魂无法寄托

上下千年
纵横中国
锦绣无法解渴

气象四题

■半边鱼

雨

旱时说你贵如油
涝时嫌你叫人愁
其实都不是你的错
是地球自个儿口袋漏

雪

上天开给人类
水的期票
有的提前兑付
有的终年不花

云

有时牵马在空中由缰
有时打伞为大地遮阳
有时聚在天上痛哭
大海把它的眼泪珍藏

风

温顺时如情人投怀
——柔情万种
发怒时如河东狮吼
——山摇地动

第三辑

体验摇滚

我和你不同

我在诗的监狱里蹲号
你在歌的包厢里玩票
我锤字炼句受尽煎熬
你行云流水自在逍遥

你的歌真是越唱越好
美眉献身纷纷投怀送抱
我的诗已经越写越糟
语言罢工躲进字典睡觉

你家的灯半夜还没亮
我家的灯夜半熄不了
其实你回不回来无关紧要
倒是我写没写成妻子心焦

你随身揣本感情的支票
开出的多，兑付的少
我永远戴着精神的镣铐
上帝在哭，阎王在笑

别以为我过得很舒服

■半边鱼

别以为我过得很舒服
我不过是用生命的长度
换取生命的宽度
你看到我的天空很晴朗
我的直觉告诉我
乌云总在阳光后面埋伏

别以为我过得很舒服
我不过是接受了壮丽的剧本
只能做轰轰烈烈的演出
你看我在台上演得很风光
谁知道说不准哪一天
我就会在中场谢幕

真的，别以为我很舒服
浪波太多我总在奋力泗渡
只不过你在岸上看不到旋涡
连我也看不准漩涡里的变数

真的，别以为我很舒服
泪水太多只是没地方哭
如果你能给我一个清静的处所
先让我睡一觉，再向你倾吐

知青饭店

■半边鱼

没当过知青的年轻老板
有模有样开起“知青饭店”
禁不住呼朋唤友来光顾
谁叫我们是知青的祖先

看见蓑衣倒真想起从前
读毛语录差点热了双眼
小姐的军装虽然不太合身
瞧瞧脸蛋倒露出村姑真颜

“修地球”原来是上汤大鱼丸
“苦日子”原来是苦瓜炒肚尖
地瓜已烤成香香的饼
窝窝头包了甜甜的馅

这才刚吃出一脸的疑惑
轻音乐又免费贴上耳边
老板露出导演的笑容

吃客成了滑稽的演员

忽然感到疼痛时才发现
有人往我们伤口上撒盐
可惜都过了造反的年纪
要不非砸了这家的店面

有 些……

■半边鱼

有些事不知道比知道了更好
有些人认识了比不认识更糟
这世界大得无法用尺丈量
人与人相逢却还总是踩脚

有些书生动得让你感到无聊
有些诗玄乎得让你懂得胡闹
书海深广无边无际
海面上总有些垃圾在飘

有些树太高了容易折腰
有些花太美了常被摘掉
做小草也不见得幸运
被踩死了就成为小路一条

有些美丽只能在心里成长
有些丑陋却可以过市招摇
上帝也有活累了的时候

偶尔玩些作弄人的花招

有些诽谤大家津津乐道
有些真谛大家不愿明了
只有黑暗脱下神秘的外衣
阳光才成为人们追逐的目标

这样的日子实在难受

■半边鱼

想哭你就流泪
想笑你就开口
想放屁不必选择时候
凡事脑袋都要向眼睛请示
这样的日子实在难受

想俏你就打扮
想玩你就旅游
想花钱你就痛快出手
看到穷亲戚你不必绕道走
有钱人才会借你的钞票做枕头

想唱你就大声地吼
想跳你就尽情地扭
想深思你就低下沉重的头
只是大家已有很多事想不透
你就别再摆出问题火上加油

闷了你就喝酒
烦了你就出走
想开心你就广交朋友
遇到女孩子你稍加留神
看看不妙就掐死她的温柔

没听过朋友害朋友
没见过警察怕小偷
即便有那也是革命偶尔的失手
脱下你提防的大棉袄吧
这样的日子实在难受

反季节蔬菜

■半边鱼

十七岁的姑娘指导姐姐谈恋爱
七十岁的爷爷打扮比孙子更帅
估计这不是家庭内部的问题
想来想去想到反季节蔬菜

主人作贡献练摊八小时外
仆人作报告端坐在主席台
估计这不是河东河西的问题
想来想去想到反季节蔬菜

孙子的财富现在拿出来卖
今年的孩子去年已生出来
估计这不是先来后到的问题
想来想去想到反季节蔬菜

张三的命运李四去安排
李四的错误王五去担戴
估计这不是发扬风格的问题

想来想去想到反季节蔬菜

领导对我的毛病诊断很明白
说不懂辩证法是问题的所在
如果再学不会一分为二的经典
自己就是不合适宜的反季节蔬菜

无题的拼盘

■半边鱼

成功是成功的结果
痛苦是痛苦的开头
把命运的算盘清理一下
他人的算珠不再保留

昨天不再是今天的回忆
现在不再是将来的母体
找准了感觉就找到了知音
活着的人不构思自己的传记

夜路走多了总要遇见鬼
酒喝多了总有一次醉
把心洗干净了做人
做恶梦也不过醒来一回

时间的大道一样宽阔
生活的车辆负重不一
超载未必是抛锚的必然
清醒的方向不会有车祸的痕迹

陈二狗子的狗

光棍陈二狗子
犯了诈骗之罪
封条好像拉链
封住他家门扉

家狗不知家事
仍然坚守岗位
见有生人路过
还在尽职叫吠

这事难了村委
宰它不合法规
决定开除村籍
将其远远发配

可是不到三天
这狗沿路返回
叫得更加凶悍

好像与谁作对

影响五讲四美
这狗该当何罪
可惜法律不全
只好任其发威

假 如

假如我是你的唯一
为什么总不见你的踪迹
假如你不是我的唯一
为什么总住在我的梦里
难道花儿已被叶儿遗弃
难道开始过后便是分离
难道真情总为假意生存
难道春天总是被骗的花季

谁还我一份朴素的真实
谁给我一个永远的真谛

假如你是随意的骗我
为什么总是那么刻意
假如我不是糊涂的付出
为什么总收获莫名的泪滴
难道生活就是逢场作戏
难道爱情就是忽云忽雨

难道愁云就是痴女的容颜
难道苦雨就是花儿的嫁衣

谁还我一个晴朗的天空
谁给我一个纯洁的天地

朋 友

朋友，你可有朋友——
在你最痛苦的时候
端来最知心的酒
兑一半你的苦水
喝入他的心头

朋友，你可有朋友——
在你最困难的时候
伸来最真诚的手
分一半你的难处
扛上他的肩头

谁没有迷茫的时候
谁没有难过的关口
要想迷茫不迷路
要想难过不长久
用你一生的真诚
结交一路好朋友

城市病

■半边鱼

空调的外挂机
像少女脸上的青春痘
电杆上的“牛皮癣”
像裤管被剪了一个口

湖里没鱼是水瘦
给它喂上一层油
土地空了是浪费
盖它几幢烂尾楼

不坐公交骑摩托
牵一条魔鬼跟着走
不种鲜花种铁栏
监狱搬到家里头

不养孩子养条狗
不泡新茶泡新妞
不叫减肥叫瘦身

不叫俭朴叫落后……

身体病了医院管
城市病了谁来救

向老虎致敬

■半边鱼

总以为老虎改不了野蛮本性
看了虎园才知道观念要更新
君不见野性已融化在爱心里
老虎呵，我要向你致敬

你已懂得观众就是上帝
不再用虎啸来吓唬我们
就是被戏弄了也不还口
老虎呵，我要向你致敬

你也懂得珍惜其他生命
不再捉活兔给自己开荤
撵不上牠是你故意放生
老虎呵，我要向你致敬

你还学会在温室里交媾
不再与虎妹妹野合偷情
如此后代绝对谦谦君子

老虎呵，我要向你致敬

世界上的事怕就怕认真
老虎都能改造还怕什么人
我不是批评监狱缺乏效率
我只是敬佩虎园良苦用心

偶成

■半边鱼

美丽与简陋往往只差一寸
幸福和痛苦总是纠缠一生
有的醒着还比睡着浑沌
有的友谊还比爱情坚贞

流水不向高山低头不惜绕道
弱者不向权贵屈服宁愿清贫
马路上的红绿灯轮流闪亮
生活中的红绿灯单边放行

夏天延伸着春天的欢乐
秋天接受着夏天的煽情
激情挥霍完了只剩下疲软
只有腊梅承受着冬天的冷清

虚假的热情活跃着虚假的社交
朴素的礼尚美好着朴素的家庭
粗茶淡饭只养育粗淡的理念
美肴好酒鼓动着美好的图腾

第四辑

走马域外

阿尔卑斯山的馈赠

阿尔卑斯山脉
将最美丽的部位留给瑞士人
都是她雪白的乳房
还有那动人的眼睛

眼睛镶在高地
湖水为秀峰倒影
眼睛镶在平川
秋波为天鹅传情
绿树是长长的睫毛
掩护一千四百眼湖泊的宁静

雪山丰满的乳房
乳汁汩汩，终年不停
滋润着一片片绿色的餐桌
牛肉鲜美，牛奶清纯
哺育起一群群参天的卫士
榛树孔武，松杉威挺

山水瑞士神就天成
文明魔力留住丹青
公德净化了每家每户的下水道
法律充当着一草一木的辩护人
瑞士人用虔诚的规则
悉心呵护着阿尔卑斯山
永远的馈赠

日内瓦湖

日内瓦湖像一弯新月
挂在美丽的瑞士南部
月亮旁是星星的住所
湖水边是富人的归宿
从卓别林到阿兰·德隆
日内瓦像收藏明星的仓库
就连微软的比尔·盖茨
也来此下载首富的别墅

日内瓦湖像一只嘴巴
张在瑞士与法国之间
不闭的嘴巴是政客的象征
不绝的湖水是雄辩的源泉
二百四十多个国际组织搭起舞台
在日内瓦举行精彩的表演
会是时时开，论是常常辩
就是这世界越来越不安全

呵，芬兰

■半边鱼

亚历山大二世的雕像
怀旧于赫尔辛基国会广场
一只自由的芬兰鸽子
幽默地站在这位沙皇的头上

芬兰呵

不屈服七百年的瑞典统治
不屈服五代的俄国沙皇
区区五百万芬兰人民
坚挺起一道独立的脊梁

芬兰呵

于是便有诺基亚的天线
覆盖着全球的通信市场
像芬兰一样精致的手机
让人们掂出一个民族的力量

芬兰呵

于是便有钢和木两只翅膀*
驮芬兰飞向世界，飞出自强
甚至连冰冷无言的石头
也到处蒸蔚热气腾腾的希望

芬兰呵

*芬兰主要出口工业品为钢铁制品和森工产品。

罗马印象

意大利像只大靴踩在地中海上
靴腰上有个城市叫罗马
一砖一瓦都是千年的老人
墙上有教皇，路边是凯撒

教堂遍布大街小巷
钟声从四面八方传来
祷告和忏悔凭君选择
天使与魔鬼同时存在

斗兽场是足球场的先祖
踢的可是奴隶带血的头颅
如今的人们已不和野兽角斗
但人与人的竞技有时更加残酷

百神庙有点像故乡的土楼
古城墙也有长城的垛口
假如让凯撒VS秦始皇
不知道两位大帝谁王谁寇

比萨斜塔

伟大的伽利略
建立了落体定律
奠基了经典力学
可是，他却无力
扶正家乡的一座斜塔
一任它歪着
给后人留下悬念

我把镜头转了几度
一下子就将斜塔扶正
可是镜头里的人却歪了

人歪了，浪费胶卷
塔歪了，却成资源

音乐之都

半边鱼

阿尔卑斯山脉的曲线
到了维也纳就变成了五线谱
兰色多瑙河经过奥地利
就流出斯特劳斯欢快的音符

舒伯特故居前的水井还在
哺育天才的井水已经干枯
但青年大师留下的不朽旋律
至今还在森林公园里漫步

就连街头艺人的表演
也让你感觉出音乐的天赋
舒缓的提琴把舒缓的心情激扬
急促的小号将急促的脚步凝固

带着几分虔诚踏入金色大厅
随莫扎特走进灵魂的深处
要不是兜里还揣着护照呵
差点忘了生命还有国度

巴塞罗那与北京

身边的巴塞罗那
　　与心中的北京之间
相隔着一座
　　十六年的五环大桥
此时我站在
　　一九九二的桥头
怎么也无法
　　送简陋与盛大一个等号

这座大城市呵
　　比半个北京还小
这主体育场呵
　　比我老父亲还老
难道五环旗
　　飘到萨马兰奇的故乡
金牌就简单得
　　像一块西班牙奶酪

我刚温饱的祖国
　　正挺起责任的腰包
我还拥挤的北京
　　正打造壮观的“鸟巢”
我衷心地祝愿
　　二〇〇八狂欢之后
大桥的两头
　　留给历史的都是骄傲

感受日本

路上有路，车下有车
搞不清是车多还是人多
亮一次红灯开一次汽车博览会
最便捷的是停街靠市的火车

整洁的繁华是东京街头的外套
淡白的烟云是烟囱巨笔的杰作
八百里新干线垃圾装在一只小袋
一千万人的隅田川哪里藏着浑浊

柜台上的笑比花美
门两边的背比虾驼
送一个微笑装进你口袋
感谢你买与不买的选择

太阳每天从车后边起床
星星每晚从车窗边流过
爬不完的台阶赶不完的路
车像陀螺，人像陀螺

题狄斯奈乐园

最新的科技在这里
最大的梦幻在这里
大人在这里绽放童真的笑容
小孩在这里提出深奥的问题

“星际旅行”关不住八万里惊叫
“结交世界”演绎着三千年足迹
“幽灵公寓”让你品尝到死的严肃
“西部乐园”让你忍不住笑的随意

弯弯的等候像弯弯的历史
排一小时队就为了五分钟刺激
噢，人类的追求原来如此大同
何愁历史的发展没有长久的动力

四百亩乐园突兀着四百亩智慧
满园的游客清点着满园的新奇
路太长腿太短，真想再走下去
猛抬头，太阳已经偏西

纽约之夜

今晚的星星都坠落在纽约
坠落了却还闪闪烁烁
溅进大楼，成一片片灯火
落在街上，变一条条银河

明亮总是找黑暗作衬托
天堂与地狱就一步之隔
远眺灯红酒绿的背影
我看到淘金者梦幻的角落

靓车与洋房正在幻景中亲吻
美元与绿卡正在梦乡里对酌
沉重的鼾声是助兴的酒令
猜到天明一切还是空的

一部《北京人在纽约》
挡不住追梦的潮起潮落
我的心怎么就如一潭死水

薄薄的窗帘便挡住了重重诱惑

辗转难眠不是时差的结果
妻儿老小尽聚思念的心窝
明天我就离开这繁华的都市
把属于我的那颗心带回中国

夏威夷

火奴鲁鲁岛穿着比基尼
慵倦地躺在太平洋上
男人们趿着自由的拖鞋
拖出散慢休闲的阳光

夏威夷，随意的地方

椰子树在空中结出坚硬的甜蜜
夏果躺在西餐里尽情出卖芳香
玻里尼西亚文化顽强地抵抗同化
一声“阿罗—哈”概括问候的容量

夏威夷，独特的地方

每天有三万游客从天而降
总统和平民都追求身心的解放
于是美元牵拉下坚挺的头颅
旅游支票如选票支持着夏威夷州长

夏威夷，迷人的地方

泳装艳艳美丽着金色的沙滩
帆船点点兴奋着白色的海浪
若不是珍珠港还提示着些许沉重
夏威夷会让人醉倒在极乐的天堂

夏威夷，出诗的地方

悉尼歌剧院

给你那么多翅膀
你为什么不飞向蓝天
是不是为了装载艺术去远航
才停泊在这诗画般的港湾

果然，白种人来了
带来一出百年经典
果然，黑种人来了
带来一场千古咏叹

黄种人的我也来了
带走你的风采一卷
回家数一数还是少了一张
那是你的灵魂，摄在我的心间

在新西兰养鹿场

万里来访新西兰
总觉得这里的绿草特别绿
这里的蓝天特别蓝

山清水净是养鹿的好地方
一只梅花鹿就是一棵摇钱树
一个养鹿场就是一家小银行

鹿儿时而对我频频点头
时而跳起欢迎的舞蹈
撒欢地围着客人跑上几周

鹿儿呀，我真愧对你的友好
我来此是为了买你的皮
买你的鞭，买你美丽的茸角

附　录

诗人邱滨玲

●余小明

第一次见到邱滨玲，是在龙岩市（现今的新罗区）工人文化宫举办的诗歌讲座上。那是在70年代末，邱滨玲的诗歌在龙岩知名度颇高。尤其是未婚的诗歌爱好者，都知道邮电局有个女诗人诗歌写得极棒。记得那晚，我特地乘车从龙岩雁石机械厂赶回城里，想一睹这位女诗人的风采。去迟了，大厅前几排早坐满清一色的小伙子，大家叽叽喳喳交头接耳极为兴奋，显然，听课的欲望和其他欲望都兼而有之吧。不料，在人们期盼已久的目光中，走上讲台的却是一位留着小平头长得浓眉大眼的小伙子，当时的轰动效应可想而知，期望伴随着失望，于是，诗人邱滨玲因了他的性别与名字而更加深刻地走进了人们的记忆。

从那以后，诗歌让我们走在一起，形成了一个不固定的诗歌沙龙。后又成立了龙岩市职工文学社，并在市总工会和市文化宫的扶持下有了闽西工矿企业的第一家文学刊物《映山红》。滨玲在工作之余兼任了职工文学社社长和《映山红》编委。80年代初，交谊舞还未兴起，卡拉OK尚未诞生，青年人中热衷文学创作的为数不少。每逢有文学青年登门求教，滨玲总是不厌其烦，且还要忙里抽空为《映山红》杂志编辑着大量的稿件，我不由暗自惊叹他的旺盛精力。

那年春节，出门拜年，临走时我特意在门上贴了张留言条，上头写着“来客请留名”。中午返家时，发现留言条上有一行赫然醒目的字：“请到诗歌队伍里找。”我兴奋极了，看着这张不留任何姓名又富有诗意文采的留言，我脑海里一遍遍地过滤着龙岩的诗作者——吃过午饭，我蹬上自行车，心想写诗的就是这么几个，我一家家地登门拜访，终于在邱滨玲家落下了悬念，他一脸得意的微笑告诉我，那是他写的。

滨玲就是这样，对他来说，写诗是一件神圣而庄严的事，看得出，他在工作之余，把业余诗歌编辑当作一件挺光荣的事，他不止一次说过，“有两人的诗稿我一般不改，一个是余小明，另一个是章捷伍。”他还多次说过，“诗歌要写好不容易，写得太直太白，则没有诗味，但又不要晦涩，让人看不懂，令人费解就不好了。”1983 年元旦，我写了《黄昏，在公共汽车上》参加龙岩职工文学社诗友聚会，“在这浩瀚的星空里/我又遇见了你/我们邂逅在黄昏的都市/在最后一班的公共汽车里……/知道么　我只是这里的匆匆过客/很快我们又将各奔东西/你　也和我一样么/为了一个遥遥的终点站/永不停息……”滨玲认为，应将“遥遥”二字改成“到不了”，这样更贴切，要比原诗更有意境，“为了一个到不了的终点站”，一种为理想信念而苦苦拼搏的情怀便跃然纸上，从此，我对诗总是力求做到字斟句酌。

如果说，气质是与生俱来的，那么，滨玲的气质儒雅，应属于斯文类型，然而接触久了才发现，他的举止干练果断，反应机敏睿智，应属阳刚类型才对。说实在的，年青时的滨玲，命运没怎么厚待过他，他曾在龙岩雁石下过乡抡过锄头，也曾到小学代过课抵过工分，招工进邮电局后，当过架线工爬过电杆，可谓天上地下全干过，后在局工会当过主席，考上南邮，毕业后又重新“杀”回原单位，任地区邮电局长，就这样，滨玲靠自己的真本事，硬是一步步闯了过来。从苦难中走来的他，在生活的磨练中愈发成熟了，在他的诗中，那对美好青春的留恋，对知青生涯的眷念，对架线工人的赞美，对平凡而崇高的邮电一线工人的歌吟尤其令人感动。他的诗集《再度诱惑》中，我尤其喜爱《回到插队的地方》、《为架线工雕塑》、《老乡邮员》、《“死”信活了》等洋溢着浓郁生活气息的诗。在这些诗中，不难看出滨玲的人生阅历和生活足迹。

“不满，是向上的车轮”。其实鲁迅先生这句名言极富哲理。试想，假如滨玲当初安于现状，不去考南邮，那么今天的邱滨玲顶多是个优秀的电信工会主席。文学也是这样，他不满足于创作，同时还积极参与策划各类文学活动，如职工文学社每月一次的同题诗歌散文笔会，中秋诗歌朗诵会及外出采风创作，令当初的诗友至今仍回味无穷。后来，兼任闽西作协副主席的滨玲又与市文联，《闽西日报》一起策划多项文学活动，包括与厦门市文联、《厦门文学》举办的多届“蓝海洋·红土地文学笔会”等，很难设想，作为一个城市，尤其是闽西中心城市，假如没有文学的滋养，这个城市的面容该是多么地苍白。

80年代中期的一个中秋夜，在龙岩工人文化宫举办的“中秋诗歌朗诵会”上，作为策划者之一的他却迟到了，身心疲惫的他朗诵了一首即兴创作的诗，全诗大意是对青年诗人江熙无忧无虑的生活状态表示羡慕，并对江熙婚后坚持不要“第三者”（孩子）的观点以及坚持数年言行一致的活法表示感叹。那时我才知道，滨玲的妻子刚度过难关，还在医院的产房，怎不令做丈夫的揪心?！朗诵会上，尽管明月当空，诗兴正浓，看得出生活的沉重感却浓浓地笼罩在诗人滨玲的身上，且挥之不去。这让我再次感受到滨玲作为男子汉的责任感和对妻子的一片爱心……

我打心眼里佩服的，还是滨玲对诗歌的钟情，正如他在诗集《再度诱惑》后记中所坦言，“80年代末，我走上邮电企业的领导岗位，由于正值通信大发展时期，公务实在繁忙，写诗的冲动很使命感地让位于领导企业的创造性劳动。诗创作虽停笔五六年，但《诗刊》还是每期看看的，因为与诗不只一夜夫妻了，那缘份是很难割断的”，果然，当滨玲对邮电企业的领导得心应手时，便又经不住诗的诱惑了。又写起诗来。“谁叫诗的诱惑那么顽强，让知其味者是那么牵肠挂肚呢?”滨玲在担任邮电领导期间，诗人的气质使得他的为人多了几分亲和力，我所说的亲和力，不仅仅指为人和蔼，而是指一个人力量的内敛。这种亲和力使他对任何事物都能保持气度平和，当然也为他的领导艺术带来了良性循环——即和气生财，这就是诗人邱滨玲的聪慧和精明之处。

滨玲调到厦门好几年了。我想，作为一个诗人，他会更加热爱他所在的城市，但也一定会更加怀念他离开的这座城市……。

诗在诗外的另一种折射

●郭志杰

邱滨玲同志是企业的一位领导，他管辖的范围涉及人的多面性和物的技术性、复杂性等。也许诗仅是他日常事务之外的一种放松，一种调剂，乃至提升为一种坚持。但我却试图超出诗自身的有效区域、寻找与他的日常工作紧密相关的对应点，或者说：从他的诗中挖掘出与八小时之内有关的讯息。我想，这些讯息绝不是单纯的定性的发布，或许仅是一种符号的显现，一种现象的提示，我却把它看作合理化的点击与延伸，看作诗在诗外的另一种折射，因为诗也是一种回到自身的经营。

我们知道，存在首先有个位置的判断，人活在相互联系的世界，人仅仅占据空间的一个点。在人的前后簇拥着众多的事物。前后是个相对的实存，因为有了中间这一概念。人的一生将碰到无数的前后，因为人站在现在，现在就是一种划分、一种中介，分出昨天与明天。在人的前后还有另外一些东西，它不是物质的有序的排列，它纯粹是时间的遗存或预设，是记忆促成的另一秩序。但对于守门员来说，前后都是残酷的临界，前面即不属于自身，后面更是一条死路，“后面是你葬身的悬崖/前面是别人建功的舞台”这种注重前后方位的意识不仅仅出自人的天性，肯定还有日常化的影响；企业的管理既要考虑前面，又要为后面（未来时）着想，这首诗前后的指涉看似十分具体（具体即真理），但却是可以外延的“具体”。不同的是，企业管理的方案、条款等只能界定在具体的框架内，它严禁使用涉及意义的不确定字眼，也许诗人在灵感闪熠的同时，已经看出了这不同的划分，尽管这种划分并没有呈现出公开化的倾向。

诗人的《罚点球》描写的是球场上发生的事件，这种描写旨在谋划一个更大的企图，即有普遍意义的扩充与展开，因为在诗人眼里，世界是球形的世界，球场是小型的社会，小球是大球的凝聚与滚动，诗人在这里实际上揭示了公平竞赛、按规则办事的原则，“惊人的符合平民的想法/在哪欺侮人就在哪受罚”，这同样符合企业的想法，尽管诗人在这里不想结合这种想法，让这种想法成为诗中明显楔入的部分，但作为企业的一个法人，这种感觉，心中早已不言自明，诗的隐蔽遮掩不了想象与现实不由自主的介入。

在《悉尼歌剧院》诗中频繁出现数的字眼，实际上一切认识都有个数，数即限度，但这却是诗的数，诗的数是模糊的量，没有数学的明确性，因而诗的统计学不是科学。诗人管理的企业，从某种角度上说：数即是它的产品，也是它管理的细节，同时也是效益的体现，以至数也轮番跳到他的诗中（这不属违规操作），但诗中的数显然不是简单的程度上的区别，它凸显融入时空的对比，这种对比富有意味：“果然白种人来了/带来一出百年经典/果然，黑种人来了/带来一场千古咏叹”，存在是个量，世上最庞大的物质，都可用“一”来概括，但这里的“一”，并不是可有可无的代用品，这里的“一”，既是感性的添加，又是理性的合成，因为它包含人的情感与理性的判断。它在强调美的同时，蕴含着从时间深处隐隐透露出的伤悲。

《断》这首诗，我想诗人在落笔之前，这个字眼已在他的脑海里重复千百次了，因而，这首诗与另一空间暗中的衔接并未中断。作为他置身的那个企业，尤其忌讳这一字眼，因为企业的功能旨在联结与沟通，“断”意味着隔阂，意味着分裂，意味着有效的功能的丧失：“山断了/分出一条峡谷//河断了/落下一截瀑布”，自然因裂变造成质的变易，但却萌生异样的景观，企业的管理或程序一旦出现断裂，势必造成紊乱，甚至导致解体。诗人的这首诗并未涉入这一纵深，因而无从看到截然不同的反差，但诗的所指意在言外，诗人的潜意识里早已潜存着这一警觉，只不过这种警觉，是用诗的对立的美的方式表达出来，这种委婉，比直面的倾吐也许有更强的警示作用。

《秋天的哭泣》描述了时间的推移带来的嬗变，一切存在都处于这种状态之中，变化后的一切都难返回原有的起点。诗人巧妙地用季节的更替将其连接在一起，显然是作一次年代跨度很大的比较。诗人从时间的转换中看出深埋于生活中的隐忧，但却是无可奈何的，历史的必然。这种存在就像时间的推移一样，谁也难以守住。如同春季向秋季的过渡，世上没有持久的花季："当潮水退去的时候/谁能听到我们无助的哭泣"，我想，无论对于个人，还是对于企业，诗人都已敏锐地感知到时间的严酷、命运的无常，这种忧患已在他的诗作里烙下深深的印痕。

我们在强调至高无上的精神的同时，绝不能将自然搁置一旁，自然给了我们许多有形物，也给了我们许多无形的精神之源。从另一个角度上看，因为人有精神，被感知的事物就必然携带着自身。实际上，众多自然的表达都是我们的思想可以触摸的，甚至本身就足以代表人的最高存在，因此，除人之外，有形物并不构成对意识的排斥，有时看似自发的、惟有萌生于人的行为，却在自然物身上惟妙惟肖地呈现，这种现象并不是自然受人的意志濡染或支配的结果，而是自然原生态的表现。对于人的意识来说，它才是常存的关照，生命永远的奋发与鼓舞："前面的浪花还在痛着/后面的浪花又横空跃马//呵，只要浪花不息/岸，就一定能抵达"（《浪花》）精神经由自然一种力的形式，终于找到它表现的渠道。我相信，这种表现，无论作为诗人的他，还是作为企业领导的他来说，都是永远的需要，诗作为一种精神的载体，更是永远的需要。

选自《福建文学》2003 年 7 月号

后记：从“半边鱼”说开去

这是我的第二本诗集。正文脱稿时，匆匆以第二辑的辑名《闲话人间》作书名。到了一校出来，忽觉书名不妥，便向自诩为“编家”的春池兄请教，他也说比较像随笔的书名。那么叫什么好呢？两人关在厦门市文联大楼春池兄那不宽敞的办公室里，一时感到语言之局促。忽然，他大腿一拍，从我的书稿目录中收回眼光，瞪着我，有如发现新大陆似的嚷道：“叫《半边鱼》最好了！不知你意如何？”其实他哪容得我讨价还价，紧接着就搬出两条理由：其一，《半边鱼》是你这本集子里比较好的一首诗，拿来做书名取之自然；其二，这样的书名有个性，不易与人雷同，而且有一定的诱读力。说实话，此时我的心中也忽地一亮：就是它了——《半边鱼》。但我有我的说法——

半边鱼，即鲆鱼，属硬骨鱼纲，比目鱼类，灰黑色，体侧扁，不对称，两眼都在左侧。此鱼长不盈尺，重略斤把，一条正好做一道菜，是鱼类中的“庶民”、“小人物”。由于其貌不扬，在满足“食客”食欲的同时，往往免不了被奚落一番。这样的状况，使我想起本集子中不少篇什的描述对象：衣衫褴褛的民工（《民工》）、付不起路费的老同学（《老同学聚会》）、人到中年的下岗工人（《秋天的哭泣》）……，他们那半明半暗的人生旅途，忍辱失重的生命状态，多么像“半边鱼”啊！

按照某些世俗的眼光，我可能会被划入“成功人士”一类：职务虽非王侯将相，却也炙手可热，收入虽无日进斗金，起码衣食无忧。可我骨子里却有着天然的、无法化解的平民情结。尽管我经常混迹于挑食“半边鱼”的宴席，但是，流动于我脑海的往往是那些捕捉、烹调“半边鱼”的渔夫、厨子们，是那些侍候我们享受“半边鱼”美味的跑堂、侍应们。这种致命的平民情结奠定了我这本诗集的基调——真诚地关注底层，真切地感悟生命。

年纪比我欠缺一岁，诗风比我年轻一辈的诗友舒婷早在上个世纪80年代末就感叹过：“青春的盛宴已没我的席位”。这么说来，我更应当早早知趣地离开诗歌这方江湖了。可是，即使如此，我仍如兆平兄所说，无法唤醒我那“三十年的诗梦”。于是，还是决定，既然是盛宴，我就混在其中吧，即使没我的席位，我可以是一道菜，当然，充其量也就一盘“半边鱼”。你们可以“讥笑我的丑陋/但你们不要翻我的身/让我保留完整的尸首”吧。

这本集子得以出版，需要答谢者众，除却客套，有三个人还是不能不特别提到：谢冕，我二十年来的崇敬诗家，俞兆平，我三十年来的真情诗友，两位教授能于百忙之中拨冗为我这条诗坛的“半边鱼”梳妆作序，谢老师还为我挥毫题写了书名，我不知该怎么感谢他们；“插友”谢春池为我这本书忙里忙外，使我想起“知青”时的廉价劳动，我该死，把他也拖来当了一回“半边鱼”。

此外，《福建文学》诗歌编辑郭志杰为我的“诗内诗外”作过评论，龙岩市文联秘书长余小明回忆诗事，为我写了一篇散文，我在他们的文章里看到了真诚，所以一并收入本书，亦在此致谢。

作　者

2003年 12 月 25 日

图书在版编目(CIP)数据
半边鱼/邱滨玲 著.–北京:中国文联出版社,2003.12
ISBN 7–5059–3852–5
Ⅰ.半… Ⅱ.邱… Ⅲ.①诗歌–作品集–中国–当代
Ⅳ.1247.8
中国版本图书馆 CIP 数据核字(2003)第 030479 号

书　　名	半边鱼
作　　者	邱滨玲
出　　版	中国文联出版社
发　　行	中国文联出版社 发行部
地　　址	农展馆南里 10 号(100026)
经　　销	全国新华书店
责任编辑	杨　晖　任　杰
责任印制	白　诚
开　　本	850×1168　1/32
字　　数	112 千字
印　　张	4.5
版　　次	2003 年 12 月第 1 版第 1 次印刷
印　　数	1–1500 册
书　　号	ISBN 7–5059–3852–5/I·2970
定　　价	18.00 元